黑山的诗

HEISHANDESHI

黑山 ◎ 著

华夏出版社

图书在版编目（CIP）数据

黑山的诗 / 黑山著. -- 北京：华夏出版社，2016.7
ISBN 978-7-5080-8834-1

Ⅰ．①黑…　Ⅱ．①黑…　Ⅲ．①诗集—中国—当代
Ⅳ．①I227

中国版本图书馆 CIP 数据核字（2016）第 119491 号

黑山的诗

作　　者	黑　山
责任编辑	王　敏
封面设计	袁　丹
出版发行	华夏出版社
经　　销	新华书店
印　　装	三河市少明印务有限公司
版　　次	2016 年 7 月北京第 1 版 2016 年 7 月北京第 1 次印刷
开　　本	880×1030　1/32
印　　张	6.5
字　　数	100 千字
定　　价	35.00 元

华夏出版社　地址：北京市东直门外香河园北里 4 号　邮编：100028
　　　　　　网址：www.hxph.com.cn　电话：(010) 64663331（转）
若发现本版图书有印装质量问题，请与我社营销中心联系调换。

卷首语

因为有了你
我才提起了写诗的笔

因为有了你
平凡的日子变成了诗

因为你就是一首
写不尽的诗啊……

自序

我写诗最早可以追溯到小学时代，继之中学时代，到大学里仍在零星作诗。不过，爆发式大量写诗，则是二十多岁在北大念硕士研究生期间。那时的导火索是我来北大报到的第一个晚上与一位北大本科女生不期而遇，从此一发而不可收，我顿时成了北大诗人，不仅夺取北大未名湖诗歌朗诵会一等奖，甚至，还在燕园召开了我的诗歌研讨会，一时间，我曾为这一辈子究竟干考古，还是干诗人而苦恼了相当长一段时间。

二十多岁，转瞬即逝，当我再次来到北大攻读博士学位时，年轻时的狂躁已经了无踪影。我渐渐停滞了诗歌的创作，考古成了我唯一的嗜好。

我不仅念了北大的博士，而且还接着念了北大的博士后，妻子和女儿也一同来到首都北京，成了名副其实的北京人。

然而，对于诗的向往，时不时悄悄地泛上心头。

从二十多岁来北大念硕士时，就不断有人渴望我早日出版诗集。

我也知道我国著名诗人艾青的第一部诗集《大堰河》，

只收录了九首诗歌；另一位中国诗人——徐志摩的第一部诗集——《志摩的诗》，也只有区区五十五首，是薄薄的小开本。而且不管是艾青还是徐志摩，他们的第一部诗集，都是自费出版的，于是，我的第一本诗集，也可以堂而皇之地出版了。

我的诗集中都有些什么内容呢？

我把诗集分为五辑。第一辑，是爱情诗，取名为"在风光里想她"，这是我在北大写诗的最初动因，围绕一个爱字来展开。第二辑，是我的心声，其中，《男子汉宣言》是比较满意的一首，因之取作第二辑的名字。第三辑，母亲之歌，是献给故乡和母亲的诗，特别是在母亲离世之后，我常常无法控制自己悲伤的泪水，边流泪边默诵自己呈给母亲的诗篇。至于第四辑，致黄土地，是对黄土地的歌颂；第五辑，为远古之梦，即对我国自旧石器时代以降的畅想。本来还想加上我在海外的诗作，现在想想，还是等到将来出版第二本诗集时再说吧。

我写诗，不是临时拼凑的大杂拌，往往是心有所发，才动笔直抒胸臆的。至于诗歌的形式，我才不管它究竟是不是符合某种规矩、某种格式呢。

是为序。

二零一六年二月二十六日
于北京夏家胡同

目录

第一辑 在风光里想她

3　我俩

5　美丽的梦幻

8　假如

10　初恋

11　我俩（二）

12　摘下你数过的星星

15　到处都是你

18　写给明月

20　读你

22　女孩，我要为你歌唱

26　不在梦里

28　徘徊

29　朋友

30　给我

黑山的诗

32	还你一片安宁
35	你的名字
37	康西组诗（六首）
47	说着一路的话
48	追赶太阳
52	再欺骗我一个晚上
55	情所独钟
57	谁是我最可爱的人
59	愿心与心对话
60	发黄的照片
61	列车途中
64	在风光里想她
66	我俩（三）
67	美丽的邂逅
69	有所思
70	为你
72	你的忧愁
74	自白
76	爱情教我欺骗你
78	黑色小精灵
79	秋
81	一切尽在不言之中

82	放一只风筝在天空
83	你与日子
85	等
87	思念的味道
89	她送我走
90	最终的结局

第二辑　男子汉宣言

95	如果
97	我愿做
100	邙山远眺有感
101	沉默是金
102	在眼光里寻找真情
103	回答
104	开山门的钥匙
107	投入春天的怀抱
109	不知道从哪一天开始
111	把泪水走干
113	贫穷与富有
115	我们的名字叫中国

119 心声

122 男子汉宣言

125 手啊，手

129 振作起来吧，朋友！

135 春雷

138 男子汉雕像

第三辑 母亲之歌

145 我的家乡

152 母亲之歌

163 没母亲的日子

第四辑 致黄土地

167 致黄土地

170 去吧，来吧

173 我不知道想干些什么

175 放牧

177 放歌祁连山

179　桂林纪游
181　海南岛风情

第五辑　远古之梦

185　远古之梦——访北京猿人洞有感
187　参加第四届农业考古国际学术讨论会有感
188　石峁访古
189　新砦觅古
190　贺夏文化研究新进展
191　梦回敦煌
193　江南纪行
194　游圆明园有感

196　后记

第一辑

在风光里想她

第一辑　在风光里想她

我　俩

深秋的红叶
隆冬的雪花
初春的绿草
还有那,太漫长的
一个夏
一年了,一年了
就这么匆匆而过
唉,我俩
唉,我俩

一年来的苦辣酸甜
一年来的牵牵挂挂
凡是你赐给我的
我全咽下
我全咽下
哪怕是针

黑山的诗

哪怕是沙

一年来的喜怒哀乐

一年来的风吹雨打

任谁个也赶不走心中的她

犯了一年的傻

犯了一年的傻

唉，我俩

唉，我俩

一年来的是是非非

一年来的阴错阳差

忘不掉梦中高雅的她

还有那黄灯下的苦涩的咖啡

和咖啡旁那会说话的发

唉，我俩

唉，我俩

太阳转了一周后

又是天高、气爽、金风飒

除了真情与眼泪

我不能送别的玷污了她！

第一辑　在风光里想她

美丽的梦幻

莽原上呼啸着的列车
每日无数次地从我的心头轧过
我历来厌倦列车
但列车上有个你
我便老是想着那趟列车
那趟黑黑的、叫着的、颤动着的列车

身旁的你
是一尊神
是一个美梦
是从天蓝色的湖底挖出来的恒星
是猜不透的谜语
是读不懂的朦胧诗

你是那么的大
一个头的特写

黑山的诗

是整个江南的春绿
你又是那么的小
躺在我的笔尖上静静地安睡

你是虚的
仿佛北国初冬的大雾
看上去　海一般无边无际
伸出手　却捧不着一丝一缕

你索性是不存在的
宛如来去无踪的天仙
经年累月地不见你的出现
哪怕是绿了春塘
　　　黄了麦田
　　　红了秋叶
　　　等白了冬天

我只不过是做了一个美丽的梦
而梦中的你
只不过是一个美丽的梦幻
每当我在人群里搜索尽
最后一张陌生的脸

第一辑　在风光里想她

才知道梦幻永远是青烟

"忘掉她吧!"
我对天起誓过无数遍
可你却像一只天大的杯子
把我接触到的一切
统统收容在里边
梦幻　书包　纷飞的雪片
彷徨　惆怅　望穿的双眼

由于总不能挥去对你的思念
我只能选择铤而走险
抬起战栗的手掌
轻叩你吉凶未卜的神殿
我冒汗的双腿
在刺骨的寒风中震颤
而发昏的头脑
却在猜度着门内的你
是火热的盛夏
是冰封的严寒
还是不冷不热的金色的秋天

假 如

假如，我不是坐那趟车
而是早一点或晚一点的

假如，就坐那趟车，与我同行的
不是似曾相识的你
而是随便一个什么人

假如，我俩都闭上困乏的眼
不做惬意的交谈

假如，交谈时，你不写下你的住址
和你美丽的名字

假如，下车后的第二天
我不去找你
你也未邀我共赏西山红叶

第一辑　在风光里想她

天！我怎么会
梦里、梦外
追逐你的影子！

黑山的诗

初　恋

想见,偏躲着不见
想留,偏急着要走
口里,嚷嚷着分手,分手
心里,默算着再会的日子
如果说,恋爱
是另一种痛苦
那么,初恋
便是这痛苦的开头

我俩(二)

我俩并肩走在街上
看到一对对的情人,亲昵异常
我俩的羞涩互不相望
默默地数着斑驳的月光

我俩携手步在桥上
桥下的嫩绿淙淙流淌
河岸边缥缈着朦胧的遐想
树梢上凝一轮金黄的惆怅

我俩相会在七色的梦里
再没有黑夜与别离
梦外的一切,悄然而逝
天际间飘满了你我的故事

摘下你数过的星星

亲爱的
你可曾听到我低低地将你呼唤
你那润滑如玉的容颜
永恒地悬挂在我的面前
你那款款而行的步态
优雅地踩躞在我的心里
但你冰山一样的冷漠
丝毫也未曾改变呀
即使我写下海洋般的诗篇
也不曾触动
你一丝的情弦

我在飘忽不定的虚幻里
捕捉你的每一个瞬间
我在编织着另一个你了
我在梦幻着另一个你了

第一辑　在风光里想她

我在塑建着洁白的少女神了
痴情的我呀
害怕现实把梦幻赶得太远
我甚至连真实的你
都不敢放在梦中的你的面前

猜测与焦灼的鞭影
自卑与羞怯的纤绳
竟化作飞天的彩虹
彩虹上驮起我
虚弱的瘦影

你低垂的乌发
是光滑的黑色的梦
静静地　我在梦中
升起一片粉红
我写下的每一行诗句
都是我紫色的灵魂
在为你剧烈地跳动

悄悄地
我一缕一缕地收起

黑山的诗

　　你披过的秋风
　　悄悄地
　　我一段一段地收拢
　　你行下的路程
　　悄悄地
　　我一枚一枚地摘下
　　你数过的星星

　　你飘飞的音符
　　我融入滴血的黎明
　　但愿在黎明的温柔里
　　你再听不到
　　昨夜的风声

第一辑　在风光里想她

到处都是你

到处都是你啊
到处都是你
我去上课
讲台上有你
我去自习
书本里有你
我听音乐
磁带里有你
我背外语
单词里有你
到处都是你啊
到处都是你

我沉入河底
河底上有你
我走进森林

黑山的诗

树梢上有你
我放开歌喉
歌唱里有你
到处都是你啊
到处都是你

我要把你赶走
挥起手来
手梢上有你
我用手捂着眼睛
指缝里有你
我索性把眼睛闭上
可眼珠里有你
我旋转着身子
想甩掉你
可旋转里有你
到处都是你啊
到处都是你

我用酒将自己灌醉
酒精里有你
我喷云吐雾地抽起香烟

烟圈里有你

我不停地默诵着自然数列

可每个数字都是你

我认输了

气喘吁吁地倒在床上

不想天花板上还是你

到处都是你啊

到处都是你

太阳是你

星星是你

小河是你

露珠是你

我的影子是你

我便是你

虽然我不曾告诉你

但我早已深深地爱上了你!

写给明月

高悬于碧空的明月呀
你永远是那样的淡泊超然
看着你把一切都置之度外
我真嫉妒你有如此宁静的心弦

我所渴望的
是化作咆哮的蛟龙
追逐暴怒的狂风

我所追求的
是化为浩渺的大海
埋葬一切罪恶的阴影

我常常在黑夜里
凄凄地痛哭
哭落了漫天的繁星

第一辑　在风光里想她

哭醒了惊讶的黎明

我常常在白日里
痴痴地做梦
梦散了憔悴的人群
梦落了西山的恋影

我的大恨大爱
大起大落
使我蒙受着一排排
孤独与失望的折磨

我的大进大退
大哭大笑
使我饱尝了一枝枝
血汗与辛酸的苦果

仰脸望一眼你的超然
我真想化作归航的小船
作别身后滔滔的风险
静静地
我要驶向静默的港湾

读 你

读你
读得百感交集
春夏秋冬
是苍白的四壁
我是那壁上寂寞的沙粒

读你
读得百感交集
日月星辰
是闪闪的泪滴
我漂泊在泪里找不到自己

读你
读得百感交集
眷恋早化作护花的春泥

第一辑　在风光里想她

向往已长满带血的荆棘

读你读得
百——感——交——集!

女孩,我要为你歌唱

女孩,我要为你歌唱
为你的笑靥
为你的日子
为你的芬芳

你的眼睛,闪烁着智慧的光芒
你的乌发,在彩云中飘荡
你的纤嫩的白手
犹如皎洁的月光
你的轻曼的语调
像白云下的小鹿
在绿油油的草原上
悠悠地吟唱
你浅浅的笑
洋溢着湖水一样的波光
你款款的步行

第一辑　在风光里想她

总撒下一串串的金黄

没见到过你的眼泪
没听到过你的绝望
没领略过你的悲伤
偶尔微皱的眉头
更反衬着一副学者的模样

你用嫩绿的网球
潇洒着蓬勃的青春
你用金色的吉他
倾诉着委婉的衷肠

你乘着纸与笔的航船
航行在知识的海洋
你用高雅的你
和你的高雅
为人间奉献着美丽、端庄

你不曾对我说过热情的话语
你不愿让我猜破你任何一个秘密
我尴尬的笑

黑山的诗

与暗流的泪
我天真的喜
与深沉的悲
我无奈的停
与勇敢的追
都不曾，在你的心湖上
荡漾起一丝的涟漪

我不会恨你
——没有人怨恨高悬的月亮
我不会怨你
——没有人奢求高贵的太阳
人便是这样的反常
向往的不一定想得到
想得到的却并不一定向往

我宁愿终生颤抖着
崇拜你的手
和别人一起
把你高高地
寄托在蓝天之上

对于你
我只有一个小小的盼望
在最后一把火光
将要焚烧我尸骨的时候
请冷漠了我一生的你
最终摸一摸我的手掌
纵然死去的我全身冰凉
可掌心的余温
还要最后一次地为你发烫!

黑山的诗

不在梦里

记起那初次的相遇
你便坠入我沉醉的心底
好些个日子
裹卷起好些个面孔
一层层消失
唯有你的笑靥
充盈我的记忆
——不在梦里

浸透着蜜甜的话语
轻颤着温柔的发际
洋溢着重逢的惊喜
——不在梦里

我呷起你斟满的茶水
我听着你低唱的小诗

第一辑　在风光里想她

我们叙说着悠悠的往事
——不在梦里

我们说东说西
石英钟嗒嗒嘀嘀
我们谁也不细想
唠叨些什么
只要说出的都是诗句
我忽然察觉
你老是用汪汪的眼波
把我淹没
——多么美丽
却不是在梦里！

黑山的诗

徘 徊

他在她的窗下
久久地徘徊
而她　和别人约会
还没有回来

天上的云儿
也在焦急地等待

终于　她翩然归来

他羞怯地迎上前去：
"瞧，她那款款的步态多么可爱。"
而她神气地边走边想：
"唉，今晚的时光过得真快。"

朋　友

无法相恋的时候
你说
让我们做个朋友吧
最好最好的朋友

我目瞪口呆地望着你
一句话也说不出口

你说
世上美好的事物很多很多
你不可能全部获得
其实，你已经获得了许多许多

于是，我半懂不懂地点点头
战战兢兢地伸出了
寻找友谊的手

给 我

你给我一滴水
我把它漾为浩瀚的海洋

你给我一个微笑
我把它凝成不朽的篇章

你给我一句祝福
我化作无所畏惧的力量

你给我一生的灵感
我定会老成至尊的诗王

你给我一朵小花
我让她绽成无垠的春光

你给我一剪枫叶

第一辑　在风光里想她

我把火红插遍山岗

你给我一丝温情
我还你地久天长!

还你一片安宁

倘若
你厌倦了我憔悴的身影
悄悄地
我还你一片安宁
只让那如织的月光
笼你在湖畔踽踽独行

倘若
你厌倦了我战栗的歌声
悄悄地
我还你一片安宁
退远我彷徨的脚步
偃息我如涛的歌声

倘若
你厌倦了我幽怨的深情

悄悄地
我还你一片安宁
但愿莹莹的蓝星
缀满你悠悠的春梦

倘若
你厌倦了我的真诚
悄悄地
我还你一片安宁
放远你别去的倩影
由衷地道一声珍重

当你开始了
爱他的航程
悄悄地
我还你一片安宁
为你专听他的吟咏
我宁愿哑默了唱你的诗喉

当你
再不需要我这颗
破碎的心灵

黑山的诗

悄悄地
我还你一片安宁
再不如来时的匆匆
我要缓缓地、无怨地
作别这夕阳的残红

你的名字

你的名字
是一山熊熊的火
日日夜夜焚烧着我

你的名字
是一道咆哮的河
时时刻刻激荡着我

你的名字
是一把冷酷的刀
内内外外凌割着我

你的名字
是我最喜爱的歌
朝朝暮暮高唱着

黑山的诗

你的名字
是一方雅致的墓
我是那墓旁说话的竹!

康西组诗（六首）

淅沥沥的春雨滴

淅沥沥的春雨滴
滋润着天空

轻飘飘的春风吹
编织着春梦

弯弯曲曲的小路
是谁的心情

游过了一层层郁郁葱葱
升降了一架架山山岭岭

蓝天上飘过了一朵朵白云
衣袖里鼓满了一缕缕清风

黑山的诗

留恋着你纷披的脚步
我默默地离群独行

我盼望着有一天
你能记起今日的雨丝里
我孤独地前行
或许到那时
我满头的银丝
并不使你心惊

待你蓦然回首时
你辽阔的背后
是悠悠的碧空

只要在梦里
赢得你苍老的一笑
我不惜付出
愁肠百结的一生！

第一辑　在风光里想她

黑头发披在她肩上

黑头发披在她肩上
看她的黑发
看她的黑发
一忽儿飘起
一忽儿落下

黑头发披在她肩上
彩霞吻着黑发
彩霞吻着黑发
一会儿静默
一会儿喧哗

黑头发披在她肩上
如孔雀开屏
如孔雀开屏
怎不令我心爱
怎不令我心惊

黑头发披在她肩上
啊　为什么彷徨

黑山的诗

啊　为什么彷徨
一会儿欣喜
一会儿惆怅

黑头发在山林里
躲躲藏藏
黑头发在山路上
纷纷扬扬
黑头发在斜阳里
闪闪亮亮
黑头发啊黑头发
在温柔的黑夜里
你又会飘入谁的梦乡

为什么迷恋的风景如此荒芜

为什么盛名之下
实则难副？
为什么迷恋的风景
如此荒芜？
难道这说不透的人生
只能是一段迷恋的舞步？

第一辑　在风光里想她

为什么赞美的人
如此憔悴孤独？
为什么写诗的人
注定要风情万千
偏不愿轻易地流露？
难道你果真是
一个虚设的梦影
你的心是梦的心
你的手是梦的手？
难道我果真是
一场可笑的荒唐
我的追求是荒唐的追求
我的痛苦是自找的痛苦？

为什么相爱的人
偏要做相恨的对头？
为什么情到了深处
总无法压抑
深深的嫉妒？

难道爱果真是
一场疾病

黑山的诗

我的笑是病态的笑
我的哭是病态的哭?

为什么亲切的你
如同陌路?
为什么温柔的你
如此冷酷?
为什么勇敢的我
总是迈着迟疑的脚步?

为什么盛名之下
实则难副?
为什么迷恋的风景
如此荒芜?

常常是一个人看看青天

梦寐以求的总是太遥远
容易得到的也容易厌倦
常常是一个人看看青天
面对来去匆匆我默默无言

第一辑　在风光里想她

多少次徘徊在她的窗前
总不见她的目光照着我的脸
莫非是她的脸像月亮高不可攀
莫非是她的心是冰山不能点燃

多少个昨日已渐次消失
多少种理想已化为青烟
面对着现实我不再幻想
默默地承受着苦辣酸甜

多少轮太阳还没有升起
多少个承诺还没有实现
只要我前进的速度不减
一定会走出沉甸甸的秋天！

这该多么好

心头，总有一个魅影萦绕
无法接近
无法忘掉
也不幻想得到
就存一份秘密在心中吧

黑山的诗

这该多么好!

相会时　只留下
浅浅的微笑
分手后　总有一种
说不清的情绪
在心湖上　微微泛潮

谈不上什么
你的负心　我的烦恼
永远不可能产生厌倦
因为我们相处的时光
总是很短、很快、很少

你内心的秘密
我难以觅得
我灵魂深处
你也不曾明了
就留一种距离在心中吧
这该多么好!

没有盛夏的炎热

第一辑　在风光里想她

没有严冬的冷漠
只有如浴的春风
在无际的原野上掠过
每一次匆匆的聚散
总留下点什么
供你独处的时候
静静思考

一切的结局
都不曾明了
也用不着担心
醒来的明朝
我在天涯
你在海角

不庸俗的寻找
乏味的答案
不幼稚的设计
未来的美妙
只在今日　只在今日
做一番无牵无挂的逍遥！

掬一捧山涧玉琼

掬一捧山涧玉琼
清涤纷乱的心灵
抬头看一看天上云
变幻不定

重重叠叠是群山的黛影

独倚在巉岩道边
追几番过眼清风
驻足想一想心头事
何去何从

前前后后是无期的归程

唉,永远是无奈的人生!

第一辑　在风光里想她

说着一路的话

穿过一街的灯
说着一路的话
牵着一路的手

我们并肩走
走到桥头旁
湖水无声响

柳梢凝月亮
倒映湖心上
醒来晨风吹
不觉梦黄粱

黑山的诗

追赶太阳

在那枫叶红透的金秋
飘来了　飘来了
一个满怀憧憬的身影
在这荷叶叠翠的夏日
走远了　走远了
一颗不安宁的心灵

在那东方微红的清晨
和着雨露初醒的晶莹
闪耀着　闪耀着
东山头上的启明星
在这晚霞微温的黄昏
和着鸟儿归林的呓语
淡远了　淡远了
一曲古寺的钟声

第一辑　在风光里想她

难道都是梦吗？

都是一场短而美的梦吗？

我那穷追不舍的理想

我那梦牵魂绕的姑娘

我那疯了一般醉心的歌唱

难道都是梦吗？

我那热泪横流的诗篇

我为之沉醉的掌声

我渴望看到的眼睛

难道都是梦吗？

那雨打未名的清音

那湖光塔影的朦胧

和那份说不清道不明的感情

难道都是梦吗？

难道这飞旋的世界

把一切的一切都搅成了碎破的梦吗？

不，不！

黑山的诗

在那貌似荒唐的背后
有着金子般的真诚
在似哭非笑的诳语里
和着大海深沉的涛声

窗外淡紫的月光
羞涩得
如同初恋的姑娘
这温柔的
却给我坚强的力量

也有阴险的嘴脸
丑陋得
如同得志的狂徒
这罪恶的
总激起我斗志昂扬

是的　我不止一次地呼唤过
给我水分
给我土壤
给我阳光

第一辑　在风光里想她

我要生长
我要生长

可有人狂叫着
不给你土
不给你水
不给你光

好吧　即使你把我嵌在石缝里
我也要扭曲着身子
追赶太阳

在那枫叶红透的金秋
飘来了　飘来了
一个满怀憧憬的身影
在这荷叶叠翠的夏日
走远了　走远了
一颗不安宁的心灵

一九九一年七月十二日
于北大未名湖心岛

再欺骗我一个晚上

亲爱的
把你洁白的小手给我
把你羞红的脸庞给我
把你飘飘的长发给我

把你蹁跹的步态
同着软软的湖波给我
把你迷人的微笑
同着闪闪的星辉给我
哪怕我又在幻想
也请你　再欺骗我一个晚上

把初遇时的激情给我
把昔日的时光给我
把忘不掉的好给我
哪怕我又在幻想

第一辑 在风光里想她

也请你　再欺骗我一个晚上

把你神秘的语音
同着柔柔的春风给我
把你微启的心窗
同着累累的金果给我
即使我又在梦想
也请你　再欺骗我一个美好的晚上

把你柔滑的双臂给我
把你满眼的情波给我
把窗外的夜风
从你广袤的额上吹拂我
把碧空的明月
从你战栗的唇上轻吻我
即使我又在梦想
也请你　再欺骗我一个美丽的晚上

不要记着我对你的怨恨
不要记着我的脚步荒唐
不要想着我总是那么反常
不要看我如看一堵墙

黑山的诗

即使你无法满足我所有的梦想
也请你　再欺骗我一个美妙的晚上

哪怕你的内心早已冰凉
哪怕你的眼睛没了光芒
哪怕你的心湖不再动荡
哪怕你的梦想折断了翅膀
我断然得不到你的真情
只请你　再欺骗我一次
在这个金秋如梦的晚上

情所独钟

众里寻你千百度
荷绿、桃红、柳翠
不是我执着的追求
情所独钟
最钟情的还是你的风度
哪怕是一个传说
是一段美梦
是一片子虚乌有

你沉默无语
小河也随之静默
你举手投足
山林也与你轻歌曼舞
你的忧怨
你的微笑
你的沉思

黑山的诗

总在我的心湖
荡起弯弯的扁舟

情所独钟
你是我最真最暖的女友
即使你白发苍苍的时候
看你一眼
也是我最大的满足

一九九二年十二月十三日
于北大 30 楼 308 房间

第一辑　在风光里想她

谁是我最可爱的人

谁是我最可爱的人
一次一次不停地问
一行白鹭上青天
我的追问到天边

谁是我最可爱的人
一遍一遍不停地问
一对鸳鸯在戏水
一丝苦恋在徘徊

谁是我最可爱的人
万紫千红不是春
花红柳绿春光好
可惜春里少一人
不见红梅傲霜雪
不见丁香花袭人

谁是我最可爱的人
抬眼高望万里云
云随童话飘零去
独立寒秋追梦人

谁是我最可爱的人
青丝白发过一生
不求来世再相见
但愿此生爱无恨

谁是我最可爱的人
大风起兮乱纷纷
恰似梦里说痴话
谁是我最可爱的人

一九九三年十二月十七日凌晨
于北大 30 楼 308 房间
梦中作诗,醒后草草录于纸上

第一辑　在风光里想她

愿心与心对话

不用语言
我们听过太多的谎言

不用目光
因为我们相见时难

不用文字
文字怎能叙说情感

我渴望的是心灵的沟通
我用心灵哭泣
你用心灵安慰
我用心灵说话
你用心灵谛听
……

发黄的照片

我的心里
有一张发黄的照片
那是少女天真的容颜
雨打风吹
总不改青春的欢颜

我的心里
有一片苦涩的红叶
那是令我痴迷的岁月
山高水远
总不变初恋的纯洁

我的心里
有一株傲雪的雪莲
那是她洁白的青春美
海枯石烂
总不竭我癫狂的思念

列车途中

当心灵哭泣了很久很久
便想起皓月升高的时候

当倔强的我走了很远很远
便想起诗情画意的从前

当岁月流逝了很多很多
我不想再说起
童话中的你我

如今夜
同样是隆隆的车声轰鸣
同样是黑夜茫茫无际
同样是人声鼎沸　走来走去

黑山的诗

为什么再不见你的小鸟依人
再听不到你的情话喁喁

过去连同夜车一同消逝
记忆却一次次涌向心底
能否与你再见
每次总存着一丝希冀
愿我的思念
插上双翼
飞到　飞到
你的梦里

有多少　多少
醉心的话语

有多少　多少
美柔的足迹

有多少　多少
可歌可泣
可亲可气

第一辑 在风光里想她

而如今
不再年轻的我
却用年轻的心
永远　永远地
思念着你

以上三首均作于
一九九三年十一月二十二日
赴京列车之上

在风光里想她

今天
我站在黄山风光里想她
微风,是她在叹息
雨丝,是她的发际
湿漉漉的雾水珠
正像她流不尽的泪珠儿
无缘无故地悄然飘下

我站在黄山风光里想她
看到翠竹我想起藏在树林里的她
看到山涧我想起海边戏水的她
看到雨丝我想起撑着蓝花伞的她
看到云朵我想起梦里的她

我站在黄山风光里想她
想她温柔的脸颊和小巧的嘴巴

第一辑　在风光里想她

想她妩媚的眼睛和好看的白牙
想她丰满的双乳和修长的双腿
想她清香的味道和轻盈的步伐
想她青丝里点缀着华发
想她的多愁善感和对亲人的牵挂

我站在黄山风光里想她
黄山啊黄山
借我一缕清风吧
把我的思念传给她

我俩（三）

我俩，在月光下羞羞答答
我俩，在小桥上上上下下
我俩，在梦里头疯疯傻傻
我俩，在树梢间的月光里
　　　躲躲藏藏
我俩，在尘世间，在人海里，在滚滚红尘里
　　　溜溜达达
我俩，在彩云间，在大海上，在深山老林里

我俩
还是我俩
没有第三个
只有我俩
我俩
我——
俩——

第一辑　在风光里想她

美丽的邂逅

如幽兰静静地飘散一缕暗香
似青竹悄悄地绽放一声脆响
一场美丽的邂逅
刹那间
荡起了风生水起的巨浪

如梦幻般飘忽渺茫
似精灵穿越青春时光
一见倾心的人儿啊
莫非是我前世修得的新娘

似曾相识
你美丽欢悦的脸庞
宛如忧伤的月亮
高高地挂在云梢
夜夜照在我心上

黑山的诗

一见如故
你鸟鸣般的笑声
你婀娜的腰身
你那丰满的乳房
固执地挺进我的梦乡
像一把野火
点燃了荒原上的草莽

揉揉眼
一场邂逅
一段情缘
一生难忘

挥挥手
一声叹息
一抹斜阳
一个秋风沉醉的、迷人的晚上
和一位邂逅的妙龄女郎

第一辑　在风光里想她

有所思

思念
像影子一样缠着我
我
却像影子一样追着你

风霜雪雨,是护花的春泥
在春泥的浅唱里
我迷失了自己

春夏秋冬,是苍白的四壁
我漂泊在梦里
找不到自己

自从遇上了你
我
迷失了我自己

为 你

为你
涌起百感交集
悲欢
早长成带血的荆棘

尽管眷恋
磨破了倾泻的步履
我仍然
牢牢地把握自己

群山
　静默
大地
　无语
湖泊
　皱眉

第一辑　在风光里想她

遥望
一行白鹭
展翅高飞

我不必问
我在哪里
飞向何地

黑山的诗

你的忧愁

你捂着垂下的眼帘
黑发,宛如静默的瀑布

半杯苦涩的咖啡
你啜了许久许久
声声叹息里
弥漫着你那怜人的忧愁

我曾用深心编织的大网
到处捕捉你的忧愁
可我网到的,永远是
你的快乐
你的超然
你的满不在乎

今夜,在这盏橘黄色灯下

第一辑　在风光里想她

我第一次
触摸你的忧愁

你那羞怯的双眸
你那低低的话头
你那时涌时咽的泪珠

快让我拉起你冰冷的手
快止着你呜咽的喉
快抬起你深埋的头

我再不愿看到
你一分一秒
一丝一毫的愁！

黑山的诗

自　白

假若我是
一本厚重的天书
深奥，难懂
谁也不曾识破
为了你的真挚
我愿变一首
透明的小诗

假若我是
一颗青色的橄榄
清香，娇嫩
也不免苦涩
为了你的嘱托
我愿结一枚
甜蜜的金果

第一辑 在风光里想她

假若我是
一架绚丽的彩虹
缤纷,晶莹
也难免闪烁不定
为了你的深情
我愿做一颗
定位的恒星

假若我是
一条倩丽的美人鱼
迷人,妖娆
也不免高傲
为了你的微笑
我愿做一条
温柔的水草

黑山的诗

爱情教我欺骗你

爱情教我欺骗你
写给你的诗
偏偏说是写给别人的
唱给你的歌
总是说唱给天神

听见你夸奖我的话
我心中暗喜
却偏要无病呻吟
独处时，我暗自神伤
见到你，我偏要五彩缤纷

分手时
我想把你留下
却总是大度地挥挥手
"时间不早了，走吧，走吧……"

害怕失去你
便安慰自己
"没什么 没什么
你看,没有她
我照样洒脱地活"

黑色小精灵

飘飞的乌发是黑色的精灵
婀娜的腰肢是黑色的蜻蜓
纷飞的裙子是黑色的风筝

摇一摇头
跷一跷腿
扭一扭腰

跳动的胴体是黑色的火苗
跳动的青春是倾泻的美妙
跳动的歌舞是燃烧的青春年少

第一辑　在风光里想她

秋

蝉翼般薄云的罅缝
细柔地
筛下了
疏零的、透明的风
漫天的红叶
牵引着山道上
时隐时现的倩影

那一方蓝蓝的倩影
那一山啾啾的鸟鸣
那一片密密的山林
那一段羞羞的恋情
还有那
深山古庙
飘送的钟声

黑山的诗

我与你并肩看风景
在林间
在山巅
在悠远深长的惆怅之中

撷几枝红叶
放心上、放眼中
无言的红叶
似我憔悴的心灵

我聆听着
田野的秋风
轻轻地吹
我仰望着
天上的白云
悠悠地行

我默想着,夜深人静
今宵的你,照例会
升降我七彩的梦!

第一辑　在风光里想她

一切尽在不言之中

挥泪扬鞭
总鞭不去
生生息息的恋情

梦里梦外
呕心锤炼着
呼你唤你的万语千声

想着盼着
眼前飘来你窈窕的魅影
在你飘来时
我只用会意的浅笑
报答你温润的眼睛

用不着一字一句
一切尽在
不言之中！

黑山的诗

放一只风筝在天空

放一只风筝在天空
任它天马行空自在地行

待它看天看尽了兴
我再来把放出的长线
缓缓地收拢

待到
鸟儿归林
月儿初升
我拥着归来的风筝
一步一步地
走下山去
放回家中
让我疲惫的
风筝
做回静谧的美梦

第一辑 在风光里想她

你与日子

你把许多日子
拉长了
自从与你别离
所有的时光
每每
因你而拉近
四季,重叠着
你的跫音

你让,昼与夜
浸透着绵绵的惆怅
你让,徒劳的眷恋
逐日增长
你让,苦苦的渴望
溢出月光

若我早知

黑山的诗

你与日子
如此亲密
我不会拥你
走入记忆

如今，我早已走进
茫茫的森林
再也无法旋即走出
你的瀑布
你的神话
你的深心

我便立意
住老在
寂静的山中

向东南西北
追索涛声
直到我也长成
林子的一种
风里、雨里
与你永恒！

第一辑　在风光里想她

等

打开悲欢离合的课本
苦读最后的一门课程——等

等——
朝阳走弯了
无数个弓形

等——
月儿，默默地圆圆缺缺
落落升升

等——
心碎、心合
心乱、心惊

我要等到

黑山的诗

日月流泪
华发早生

我期待着
破碎的心灵
绽开为
壮美的皇宫

我等
　　等
　　　等!

第一辑　在风光里想她

思念的味道

若有所思
若有所失
如喝醉般混沌
如触电般难受
如浓烟滚滚般剧烈
如梦中挥不去的乱云飞渡

若有所梦
若有所痛
如看不见光明般焦虑
如听不到声音般憋屈
如迈不开步子般艰难

若有所苦
若有所堵
如饥肠辘辘般难忍

黑山的诗

  如惶惶不可终日般着急
  如急不可待般渴望

  我要返程
  解除这思念之痛!

第一辑　在风光里想她

她送我走

噙着闪闪的泪花
她不说分手
只把微笑放得又远又柔
唯恐触动离别的琴弦
言语轻松的外壳
包不住时而紧皱的眉头
她送我走

微风吹拂着黑发
嗓音夹杂着沙哑
她不说一句别离的话
火车还没有启动
她便含着泪水且捂着面颊
她送我走

最终的结局

没有结局,便是最终的结局
痴迷的我,依旧痴迷
冷漠的你,依旧冷漠到底
有人说
世间本来就有许多无奈的结局

就算我做了不该做的梦
就算我自卑自贱地追求过你
就算我得到的只是一场游戏
真挚得如同土地一样的我
不说什么
不说这场没有结局的结局

让藏在我心头的列车渐渐远去
让藏在我灵魂深处的你回归到正常位置

第一辑 在风光里想她

让一切的一切成为缥缈的过去
我不说什么
不说这没有结局的结局

从今开始,应该是无风的日子
我不再为谁恐慌,为谁惊喜
为谁自豪,又为谁哭泣

从今开始,应该是寻常的日子
我不再为谁拘谨,为谁自卑
为谁伤感,又为谁战栗

是的,我不再为你痴迷
我要寻找那团点燃我冷心的火
寻找属于我的温馨的天地

我要插上翅膀,追寻那个爱我的人
肆无忌惮地向她倾泻我大河般狂流的爱意
不用遮掩,不必羞涩,不需含蓄
我要用火辣辣的诗篇撞开她的心扉
我要用狂风暴雨般的吻把她灌醉

黑山的诗

  我不相信，树上只开不结果的花
  我不相信，世上只流没有方向的水
  我不相信，纯洁的友谊最终没有收获
  我更不相信，真挚的爱情
  最终没有真善美的结局！

第二辑

男子汉宣言

如　果

如果
磨难是我终生躲不开的影子
而幸运
是不肯赏光的朋友
那么
就让磨难与我同行吧
让幸运
从我身边开溜
我将在无休止的磨难里
无休止地奋斗！

如果
事倍功半之事常有
而机遇的宠儿不肯光顾
那么，我就用辛勤的汗水
将机遇一次次铸就

黑山的诗

即使在我将知天命的时候
我愿我
童心不泯
激情不退
奋斗不止
青春永驻!

这便是
与磨难同行的我
对新年的第一声问候!

第二辑　男子汉宣言

我愿做

我不是不会唱爱情的惆怅
但积弱的祖国更需要力量

我不是没有男人的泪水
但苦难的中国沁透了太多的悲伤

我不是没有儿女情长
在这万籁俱寂的黑夜
更需要放一把冲天的火光

让我炽热的牙齿
嵌入祖国的手指吧

让我刚强的身躯
紧贴在国土之上

黑山的诗

让我和我的兄弟们
在没有太阳的地方
托起万丈光芒

我不能把爱国的口号
时髦地贴在嘴上
随便空喊几句爱国之后
照例去搓起腻的麻将

我不能只发苍白的牢骚
而不以坚强的步伐
兑现高远的理想

我不能做一名破落的商人
每天对着西下的残阳
兜售着不尽的绝望

我宁愿做一声巨雷
炸响的同时
将自我粉碎

我宁愿做一道闪电

焚烧自己
唤来骤雨

我宁愿做一只鲲鹏
无所畏惧地高飞
直到一切的灾难
把我的巨翅摧毁

我更愿做一只号角
对着麻木的脸庞
愤怒地吹

我更愿做一匹狂奔不止的骏马
任那勇往直前的英雄
坐穿我的背

最终,我愿做苍茫的大地
任那一群群欢乐的和平鸽
在我的胸膛上
自由自在地飞!飞!飞!

黑山的诗

邙山远眺有感

西窗晚霞红，邙山劲秋风。
满怀惆怅事，诉与谁人听。
咽咽我自鸣，彳亍我独行。
终日挖空墓，与兵同做工[1]。
虽有织毯女[2]，每晚闻歌声。
方解心中忧，心事重又重。
何日访故友，促膝话天明。

一九九一年十月十一日

---

1 系解放军战士挖土方。
2 住在烟库，可烟库已废，租给织毯厂使用，每日有女工在此工作。

第二辑　男子汉宣言

沉默是金

书一辑古文与红尘隔绝

听一曲妙音把疲惫的心灵超脱

回归昔日的梦幻

追逐伟人的脚步

我们并不孤独

周围有崇高的前人

何须悲愤小人的渺小

让我们知心者一道

沉默是金

用心倾诉

　　　　　　　　一九九四年四月二十一日

黑山的诗

在眼光里寻找真情

在白天里寻找黑夜
在黑夜里寻找眼睛
在眼光里寻找真情

在宣泄里寻找清音
在清音里寻找宁静
在宁静里寻找淡泊

在淡泊的宁静里
在清音的喧嚣里
在眼光的黑夜里
在黑暗的白日里
辉煌人生！

回　答

当耕牛　流着汗
从阡陌里归来
当儿子　流着泪
向慈母告别
当水手　咬着牙
在恶浪里挣扎

他们不说话
用行动来作答

二零零一年四月十日

黑山的诗

开山门的钥匙

天幕落下暗网
寰宇一片苍凉
谁在催我启程
匆匆逃离故乡
路上
我的肩头压得太重
双翼也已隐隐作痛
我惦着家中的老母
和太多闪泪的眼睛

路面　很黑
又刻满泥泞
还鸣着各色的疾风
我的步子太慌
如惊涛追逐着骇浪
前方　我望见

峦峰上的悴影

缓缓地潦倒

童年的花衣

轻轻地招摇

我知道

彩霞还没有浮上山腰

老者　点着灯　恪守着寂寞

年轻人　喧嚣着　迷醉在梦河

我摸索着遍山的野草

忙不迭地求索

我暗想

只要我找到

那把开山门的钥匙

就能推开群山的封锁

是的　群山的封锁！

哪怕

碎了青春

白了岁月

黑山的诗

燃红了野火

可有谁
愿和我同行
一路冥想
一路豪歌

      一九九六年十月十八日

投入春天的怀抱

我要踏破狰狞的狂风
对着冰雪覆盖的群山大喊
春天就要来到

我要吹绿江南的嫩草
对着千娇百媚的娇杨大喊
春天就要来到

我要摇醒沉睡的群山
对着歌舞升平的草场大喊
春天就要来到

我要停滞我的呼吸
我要哑默我的歌喉
我要终止我的岁月
扯破春天的裙裾

黑山的诗

投入春天的怀抱
做一回春天的使者
在春光里无拘无束地自在、逍遥!

不知道从哪一天开始

不知道从哪一天开始
调皮的小妹妹
不再与我争吵

不知道从哪一天开始
顽皮的小弟弟
不再跟着我撒娇

不知道从哪一天开始
骄横的老父亲
不再无休止地咆哮

不知道从哪一天开始
白发已爬满母亲的鬓角
而善良的乡音
却时时来朝

不知道从哪一天开始
我已不再青春年少
沉重的步履
伴我遍地操劳

不知道从哪一天开始
门前的樱桃树已硕果累累
再不是碧嫩的树苗

可我,为什么总怀念
昔日的
风采如画
风生水起
风烟妖娆

把泪水走干

朋友
不要一味地悲伤
不要一成不变地蹉跎

我们要
把泪水走干
把噩梦走尽
把牢笼走破

我们要
把伤心送走
把悔恨止住
把自责废止

看,前面的大道多么宽广
前面的歌声多么辽阔

黑山的诗

前面的彩云多么壮硕

我们繁花似锦
我们所向披靡
我们气壮山河

雄风依在
正是闻鸡起舞的时刻!

贫穷与富有

贫穷是没有根基的花朵
富有是贫穷的哥哥

物质的富有
不值得称羡
贫穷是励志的本钱

富有,本是人人安享的目标
而贫穷却是富有的隐患
摆脱贫穷的道路就在眼前

贫穷是无根的花朵
富有是转瞬即逝的逍遥
奋斗是常胜的法宝

在贫穷中奋斗

黑山的诗

    在贫穷中积累
    在贫穷中操劳

    为了天下人的安康
    我宁愿一生清贫,不尚康乐

第二辑　男子汉宣言

我们的名字叫中国

祖国啊祖国
您的乳名叫什么
蜿蜒曲折的长城
是可怜的蚯蚓吗
汹涌澎湃的长江
是无奈的泪水吗

雄壮威武的大地
你静默得如同死尸一样吗

祖国啊祖国
您的名字叫什么
死去数千年的黄帝
在嘲笑您的儿孙吗
狡诈无情的秦始皇
抽出冰冷的长剑

黑山的诗

摩拳擦掌的成吉思汗
拉开射雕的弓箭

苏东坡对着如血的残阳放歌
披头散发的屈原全身赤裸

这些汉子们发问
祖国啊祖国
您饱满的乳房干瘪了吗
您不再养育伟大的儿女了吗
列强们
撕破过您的衣裳
卖国贼
出卖过自己的爹娘

大阴谋、大混战
屠杀过
或优秀
或可怜
或坚强的中华儿女
和他们美丽的梦想

大地震、大灾荒

吞噬过

或美丽

或肮脏

或贫穷

或安静的村庄

祖国啊祖国

您的乳名叫什么

您像天空纷纷扬扬地洒下雪花那样

纷纷扬扬地洒下您的儿女

在这古老的国土之上

您用乳汁

蘸着泪水

和着发咸的汗

哺育着儿女的成长

您把彪炳千秋的炎黄帝喂大了

您把野心勃勃的秦始皇喂大了

您把文质彬彬的孔夫子喂大了

您把坚忍不拔的毛泽东喂大了

黑山的诗

　　您用您特有的民族魂
　　塑造了多少个轰轰烈烈的男子汉啊

　　长江、黄河、黑龙江
　　一条条龙一般桀骜不驯的河流
　　淘洗过多少罪恶
　　多少辛酸
　　多少辽阔

　　高高的像男人脊梁一样
　　隆起的黄土高原
　　像一座座封顶的坟
　　一座座塔一样的沉着

　　中国，中国，您的乳名叫什么
　　中国，中国，您的乳名叫什么

第二辑　男子汉宣言

心　声

我曾向大地伸出饥饿的瘦手
它给我的往往只是一把古老的腐朽
我读过陶鼎
读过石斧
读过一大堆古人的遗骨
到头来
发觉
我年轻的毛细孔
已趋向干枯

我知道你要说我离经叛道
不错
我的确没有尚古的嗜好
拒绝窗外现实的雷鸣
把发出霉味的书斋
当作广袤的宇宙

黑山的诗

年轻的汉子——我
实在做不出

我知道
你还要提一百七十万年前的元谋人
二百万年前的巫山人
你还会提丁村人硕大的石斧
红山文化的雕塑
裴李岗文化的陶猪
兴隆洼文化的玉玦
七千年前吹骨笛的贾湖
这些祖先们的伟大
确曾让我颤抖
然而
仅仅考证祖先们的杰出
又算什么汉子!

我不愿拿发掘出来的宝物
铺平走向成功的大路
为了用诗歌喊出人间的不平
我宁愿爆炸了沙哑的歌喉

脸上还没有长满皱纹的我
向往的是创造啊
从黄土中创造庄稼
从矿石中创造黄金
从黑夜里创造出太阳

这才是我的美
我的快乐
我的梦想
我的愿望!

黑山的诗

男子汉宣言

我是
一个来自北方的男子汉

森林是我的黑发
冰山是我的白牙
苍莽的高原
是我古铜色的面颊
任那暴怒的狂风
朝我尽情地抽打

我要举起参天的巨手
在这阴沉的天幕上
把男子汉的宣言写下：
来吧，我不怕！

长城的古方砖

砌成我坚实的脊椎骨

黄河的滔天浪
把我的血管冲刷

巨龙的大无畏
赶跑我骨缝里最后一丝害怕

我不怕
在凄风苦雨的夜里
独自穿行怪叫的坟地

我不怕
在波涛汹涌的海面
苦撑着破旧的小船

我不怕
为了理想的实现
磨碎我年轻的双肩

即使有那么一天
魔鬼把我骗到天涯

黑山的诗

    抽出血淋淋的屠刀
    把我高昂的头颅砍下

    我
    也要挺着喷血的颈项
    震天价地呐喊:
    来吧,我不怕!

                      二零一零年十月一日改定

手啊,手

你说,人类最宝贵的
是这双手

我说,人类最可恶的
也是这双手

你说,手是一样的
都有十个指头

我说,有什么样的灵魂
就有什么样的手

母亲的手
又宽又厚
遮风挡雨地把我抱大

黑山的诗

  朋友们的手
  又温又柔
  无私无畏地给我帮助

  姑娘们的手
  又灵又巧
  编织着未来的彩梦

  男子汉的手
  又黑又瘦
  但充满力度

  有的手
  默默地创造财富

  有的手
  只会贪婪地占有

  有的手
  沾满人民的鲜血

  有的手

替这个世界呼唤自由

有的手
躲在阴风里
比画着阴谋

有的手
高举起来
做擎天的柱子

创造财富的
是宝贵的手

只会占有的
是没出息的手

比画着阴谋的
迟早被人民捉住

高举起来
做擎天柱子的
是伟大的手

是我们爹娘的露着青筋的历经磨难的手
是我们兄弟的铁塔一样无所畏惧的手
是我们孩子的稚嫩的手
是人民大众的森林一般苍茫的手

这是长生不死的手啊
是宁折不弯的手
我这个不成熟的诗人
要永远地讴歌这
顶天立地
永恒的
手!

振作起来吧,朋友!

振作起来吧,朋友
从痛失亲人的阴影中走出来
抖掉腿上的泥土
擦掉脸上的泪水
握紧兄弟们的双手
振作起来吧,亲爱的朋友

振作起来吧,朋友
从爱人温柔的怀抱中走出来
在绿油油的田野上
在金灿灿的阳光下
在火热的工作中
振作起来

振作起来吧,朋友
从形形色色的低级趣味中

逃离出来
把旺盛的精力
用在光明正大的事业上

振作起来吧,朋友
从各种各样的烦琐事务中
摆脱出来
把有限的光阴
奉献给长远的未来

振作起来吧,朋友
请不要在看拳王争霸赛时大喊大叫
你本人
早已站在人生竞赛的舞台
不知道是否有人为你喝彩

振作起来吧,朋友
不要再喝酒、打牌
尽管老朋友相聚
是那样的开心、自在
虚度年华
可不是朋友们的所爱

振作起来吧,朋友
不要再做粉红色的白日梦
不要再时不时地怀念
那些美丽的女孩
不要幻想在某一天
忽然能与她们简单地相爱

振作起来吧,朋友
不要再唉声叹气
不要让金子般的时光
在百无聊赖中
悄悄地溜开

振作起来吧,朋友
你对着天空吼过的
远大的抱负
你对着黄河发过的
豪迈的誓言
你对着父老乡亲
承诺过的目标
每一天

都充满着焦急的等待

振作起来吧,朋友
尽管
你已双鬓染白
尽管
你不如意事十之八九
你,却不能
因此失望
因此无奈
因此懈怠

振作起来吧,朋友
东方火红的朝阳
依旧凝望着你
外边精彩的世界
依旧召唤着你
壮志未酬的英雄
依旧注视着你
你再不能这样
颓废下去

第二辑　男子汉宣言

振作起来吧，朋友
把年轻时的激情
还给你
把年轻时的正义感
还给你
把年轻时的梦想
还给你

振作起来吧，朋友
为了母亲和母亲般亲切的人民
为了可爱的祖国和可爱的世界
你，必须振作起来
给这个世界
添一抹亮丽的色彩

振作起来吧，朋友
从今天起，你要
照例在每一个清晨跑步
照例在每一个夜晚写作
照例在每一个梦里激情满怀

朋友，你必须振作起来

黑山的诗

再不要这样懈怠
再不要这样忧伤
再不要这样徘徊

为了高远的理想
你,从今天起
在火热的工作中
——振作起来!

二零一二年五月二十日
速记于张家港

春 雷

遥远的天边
隐隐地传来
春雷的轰鸣

胆怯的老山
扔掉你苍白的蓑衣吧
怯弱的大地
大胆地吐出你的万紫千红吧

冰封的江河
放牧你的万千骏马吧
且听春雷的轰鸣

冬眠的昆虫
爬出你们的黑暗吧
潜逃的花朵

黑山的诗

绽开你的笑靥吧

蜷曲在地下的野草
自豪地挺起你们结实的胸膛吧
且听这春雷的轰鸣

隐隐作响于天边的春雷
滚滚而来了
听啊，轰，轰，轰！

一列列的群山战栗起来
一片片的乌云集合起来
一阵阵的春风欢唱起来
温柔而不怯懦的春天
在春雷的迎宾曲中
大踏步地向天地走来

轰，轰，轰！
听着春雷的轰鸣
颓废的、残缺的、灰心的
全被这跫音震醒
沉默的群山

第二辑　男子汉宣言

冬眠的百虫
急不可待的云朵
前呼后拥

炸了,炸了,
春雷炸响了一切

炸毁了厚重的坚冰
炸出了柳绿花红
炸醒了垂死的心灵

一切的一切
都在春雷里苏醒了
一切的一切
都在春雷里更生了
一切的一切
都在春雷里复活了

黑山的诗

男子汉雕像

是从哪里诞生出来的粗野的石头

是从哪里制造出来的炽热的金属

一大片裸露的胸膛

包容了多少辛酸痛苦

哦,跳动,阴沉的天幕

哦,跳舞,大地的罅缝

穿山甲的甲胄

竖立的马鬃

夜鹰一样的眼睛

凝固的石斧

地平线上被拉下一片阴影

慢慢移动

是从哪里发出的轰鸣

是从哪里发出的吼声

暴怒的虎

第二辑 男子汉宣言

呼啸的象

雷鸣……风……

展翅的雄鹰

女人和小草瞪大惊愕的眼睛

吓人的誓言

狂傲的口吻

长风般的笑声

不知道哭泣

残忍的坚定

是谁死了,晃晃荡荡地倒下了一摊黑影

是谁埋了谁,虽然有一天他迟早也要被别人抬进坟茔

男人的肋骨

土里的树根

孩子坐在盘根错节的树根上发出哭声

火、火光、火焰舔着的天空

男人在火光下喝酒

女人在火中跳舞

鼾声如雷

黑山的诗

健步如飞
锋利如锥
阴郁如灰

他们只在母亲的灵前下跪
他们只在爱人的唇前战栗

寻找强硬的对手
专与苦难作对
不嫉妒谁
不模仿谁
不暗算谁
站稳粗鲁而豪迈的双腿

他们咧嘴笑,笑那些瞧他们不起的人
他们乜斜着眼,看不惯那些懒汉和胆小鬼
他们远离那些垂头丧气的娘儿们似的同类

他们知道,早晚会倒下
因为,肩上的负担太重
因为,黄土下灵魂的招引

果然,有一天夜里
他们横七竖八地埋在地下
坟堆蹿出齐刷刷的野草
每一根野草都是一根不死的神经
每一颗萤火虫都是一颗亮晶晶的眼睛

啊,男人
真正的男人
我为你哭泣
也以你为荣!

第三辑

母亲之歌

我的家乡

我回到了故乡
看见了立在大门外
等候我的白发亲娘
我回到了故乡
回到了那个再熟悉不过的村庄
还有村边那干枯的老井
　　村南那响着流水声的沟壑
　　　村东那一望无际的林场……
这里就是我魂牵梦绕的人间天堂

我走进了村庄，行走在
坑坑洼洼的大路上
大路上的泥巴团扑打着我的衣裳
我伸出手抚摸着一面面熟悉的砖墙
又闻到了久别的槐花香

这是我安静的家呀

窗前茁壮的无花果枝肥叶大

害羞的红石榴笑开了花

只要你摁下院子里压水井的铁把儿

雪白的水柱

瀑布似的飞流直下

还有屋后菜园里

青一节白一节的萝卜

棒槌样垂下的丝瓜

郁郁葱葱的白菜

老人般憨态可掬的南瓜

以及摇头摆尾地汪汪叫着的小狗莎莎

我回到了故乡

我见到了又消瘦了一圈的小老头儿——伦财大伯

我见到了泥一样温柔的顺苓婶、季花婶和金华婶

我见到了景林——

我胖胖的好兄弟,十三年前

他穿着崭新的军装向我辞行

如今他脱下军装,在南方的一个小镇上打工

还有一些年轻的不熟识的媳妇们

笑盈盈地,来跟我说话

不过,小楷家的——那个俊俏能干的弟媳

我再也见不到她

她为阻止丈夫赌博遭到丈夫的责骂

竟服毒自杀!

撇下四个年幼的儿女

她怎能舍——得——下?

第一次见到她——俊美得像刚刚绽放的桃花

第二次见到她——穿着破旧的男式背心

大汗淋漓地独自拉一满车摇摇欲坠的庄稼

我看见了延陵——我的侄子

年轻轻的,却早早地生出白发

消瘦的灰脸,过早地刻上沧桑

浑浊呆滞的目光带有太多的逆来顺受、担惊受怕

我发现了三五个探头探脑的孩童

咯咯地笑着

虎头虎脑

看我一眼

即迅速地跑开

不一会儿
又偷偷地跑回来看我

夜晚来临了
我看到了我家院子上空的繁星
我闻到了从堂屋的厨房里飘出来的土鸡的香味
我听到久违的高一声低一声的乡音
我躁动的心，静了
我喝到了从压水井里压出的
略带苦涩的井水
心里却是甜的

我回到家里
幸福，舒坦
像远航的船儿回到出发时的港湾
却也有些不安
因为，还有些深爱着我
和我深爱的亲人
再不能相见

我想起了端着饭碗常到我家串门的花娘
我想起了脊梁晒得像涂一层黑油的大伯

和因耳聋说话爱打岔的大妈——
每逢看到我回家
开心得就像我的亲妈

我想起了隔一阵子就要回娘家来的大姑
扛一竹篮菜包,风尘仆仆地赶来
到家了,她掀开蓝底白花的布块儿
取出香喷喷的包子
递给我满头乱发、躺在床上的奶奶
我和我的一小群弟弟、妹妹
她心满意足地坐在一边
眯起眼睛看着我们狼吞虎咽

如今,这些爱我和我爱的亲人们
全不在了……
他们居住过的房屋,荒草满园,死气沉沉
连围墙也变得东倒西歪……
花娘、大姑先后死于肝癌
坚如磐石的大伯竟服毒自尽了
——因为他还不起借儿子的十块钱外债!

不幸的亲人,还有我的二姨

一辈子笑吟吟的女人
不到五十岁就匆匆离开了人世
她被儿子从医院拉回家的途中
抓着儿子的手喊
"儿啊,掏钱给我治病吧,我不想死……"

我的善良的亲人
为什么
这么早
这么不幸地死去
永远地离开我们

我回到家乡
想起我那十几个嫁了人的堂姐妹们
小时候,她们叽叽喳喳
像一群快乐的鸟儿
我是她们的骄傲
如今,迎接我的只有院子里
一人多高的枯黄的野草
姐妹们,今天,你们
都在哪里

第三辑　母亲之歌

我回到了家
村了里弥漫的银色的月光没变化
眨着亮晶晶眼眼的星星儿没变化
梦中　我去世多年的奶奶的笑容没变化
我做的梦也没有变化
梦里我仰着头对奶奶重复着那句话：
"奶奶，奶奶，我不愿长大……"
一睁眼，醒了，身旁的妻子嗔怪道：
"大白天，恁这是说什么梦话……"
我悄悄地抹掉了两行泪珠
没有回答

　　　　　　　　二零零九年十一月三十日改定

黑山的诗

母亲之歌

娘啊,娘
在这莺飞柳长的日子里
您的七个儿女
从花城广州
从绿城郑州
从古都洛阳
从首都北京
从四面八方
全赶回来了——
赶到您长满青草的坟前
再喊一声娘

娘啊,娘
百天前的悲怆,恍如噩梦
那铅灰色的、洒落着斜雨的天空
那紫色的、迎风抖动的、哗哗作响的灵棚

那响彻屋子里、院子里、新坟前
一阵阵撕心裂肺的哭喊声和鞭炮声
那攒动着白色孝布的浩浩荡荡的送葬队伍
和壮汉们抬起棺材时凝重的表情
这,全是为了您哪
我亲爱的母亲
突然辞世的不幸

娘啊,娘
仿佛一眨眼的工夫
如今
您坟边的野草
已连成一片
您坟前的池塘
已漂满荷莲
您亲手种下的莴笋和蒜苗
在与野草疯长的竞赛中
已长得叶肥根茂

娘啊,娘
您一个人睡在这水塘旁边的草丛里
冷吗?

您一个人躺在这月明星稀的黄土下
孤单吗？
您日日夜夜守着爷爷奶奶的坟头
真的不要我们了吗？
您真的不会再守在家门口、含着笑迎我们回家了吗？

是的，亲爱的娘啊
您再也听不到我们的呼唤
哪怕我们的喉咙早已喊哑
您再也不看我们一眼
哪怕我们的泪水早已哭干

娘啊，娘
您一句话没留下就撒手人寰
您走得这么突然
怎不让我们心疼
怎不让我们留恋
又怎能让我们心安

娘啊，娘
您的命——苦啊
您过了几十年清贫的日子

第三辑　母亲之歌

病魔也像影子一样纠缠了您一辈子
您曾经一连几个月连　碗面条都喝不上
您曾经年三十早上还舍不得吃一口白面馍
您一辈子包容着我们脾气暴躁的父亲
每逢过年，您雷打不动地站在院子里
祷告老天爷保佑您儿女平安
其实，最需要保佑的
恰恰是您自己啊，我体弱多病的母亲

娘啊，娘，
您的七个儿女
您个个深爱着
您担心大儿子念的书本太厚
您心疼大闺女的眼窝太浅
您挂念二闺女的家底太薄
您一见面，就对老三、老五不停地叨唠
"憨儿子，要早添毛孩儿啊……"
您对老六一边数落着，一边袒护着
您常讲，虽说老早把老七送了人
他同样是娘身上掉下的肉

娘啊，娘

您深深地眷恋着您的娘家人
明里暗里照顾着您嫁了人的妹妹们
多少次,您盯着舅舅一瘸一拐的背影,不忍离去
多少回,您提起早逝的二姨,摇头叹息
您曾皱着眉头
厉声责备您的侄子们、外甥们
因为他们的不孝
也为了他们越过越好……

娘啊,娘
您是坚强的母亲!
当您的脚掌被锋利的钉耙扎出个大窟窿的时候
当您年轻时被父亲欺侮得欲投井自尽的时候
当您遭到我花娘和她一群疯狂的女儿围攻的时候
当您累得嗓子疼
肩膀疼
腿疼……
一次次积劳成疾
病痛折磨得您满头大汗的时候
您都忍住了
不曾掉下一滴眼泪

娘啊,娘
您是善良的化身
您和花娘闹了一辈子别扭
可是,在花娘临终的时候
您含着泪,跑前跑后
您早忘记了
正是花娘和她的几个不懂事的女儿
把您撕得衣衫褴褛、打得鲜血直流

娘啊,娘
您是勤劳的典范
您生前不曾闲着过
您没日没夜地忙着做饭、纺花、套磨
您毫不犹豫地剪掉年轻时漂亮的长辫子
像大男人一样地锄地、播种、收割
那永远也干不完的脏活、重活、粗活
压弯了您的双腿
压折了您的腰窝

尽管您常常一个人
累倒在无边的田野里
您也不听大伯的劝告

坚持把我们姊妹六个
一个不落地送进学校……
您回答大伯的道理很简单:
"我这辈子没文化,
决不能让孩子们长成睁眼瞎!"

后来
大伯惨死在儿媳和儿子的手里
您的七个儿女却个个有了出息:
老大念成了北大博士后
老三是京城财会经理
老四成为考古技师
老五参军当了营长
老二、老六和老七
在省城把生意做得风生水起……

娘啊,娘
早已走出校门的我们
像出笼的鸟儿越飞越远
越飞越高
双鬓渐渐花白的您
常常留在院子里

盼望邮递员送来儿女们的信笺
或喜形于色地拨打、接听儿女们的手机
娘啊,有时,通话时
我们还嫌您唠叨呢
现在,再也听不到您那熟悉的、亲切的慢声细语

娘啊,娘
您知道吗
您走后
父亲天天手拿您的照片,以泪洗面
回到家里,动辄走进您的坟地
边擦着泪,边自言自语

娘啊,娘
您知道吗
您走后
您的俩妹子、我们的三姨和五姨
个个哭成了泪人儿
腿脚不便的兴舅
一个劲儿地给您的坟上添土、搂土
您的儿女们、亲戚们、邻居们
闪着泪花在悲伤中缅怀您、赞扬您、思念您

娘啊,娘
您放心地走吧
我们已经带着三姨去北京看罢了眼病
二弟给小佳好买了新电脑
家里的堂屋、院墙和高高的大门
统统已经盖好
看到这一切
娘,您该含笑九泉了吧

娘啊,娘
昨晚,我又一次梦见您了
在梦里,我梦见了您做的梦
在您温暖的梦里
您对家人微笑
您对亲友们微笑
您对周围的翠竹、云儿和小草微笑
您对身边的小鸟、鱼儿和蝴蝶微笑
您躺在床上微笑
我们簇拥着您
轻轻地唱着儿时的歌谣……

娘啊，娘

您一生没有享过多少福

却吃了不知多少苦

甚至，您忙碌了一辈子

从没有睡过一个囫囵觉

这下，可好了

如今

您躺在爷爷奶奶的身边

您躺在您亲手开辟的园子里

您躺在我们为您种下的松树旁

您躺在茁壮茂盛的竹林前

您就放心大胆地睡吧

踏踏实实地睡吧

安安静静地睡吧

祝愿您在温暖的睡梦里

再也没有烦恼

再也没有悲哀

再也没有疾病

再也无须忍耐

黑山的诗

天天

幸——福——吉——祥

四季

鲜——花——常——开！

　　　　二零一二年四月二十五日草于河南新砦考古工地

　　　　　　　　　　五月七日改定于北京西坝河

没母亲的日子

有母亲,简陋的小屋子
兄弟姐妹们,欢歌一堂
没了母亲,新盖的宽敞的大院落,无人造访

有母亲,父亲在村里笑呵呵地找人下棋
没了母亲,父亲流着泪
在好几座城市的子女家里,四处流浪

有母亲,熟悉的村口
是儿女们归心似箭的殿堂
没了母亲,回家的路啊变得遥远、陌生而又凄凉

有母亲,简单的饭菜
吃起来倍儿香
没了母亲,满桌子的美味佳肴,我们无心品尝

黑山的诗

有母亲,再清苦的日子
也充满希望
没了母亲,夜深人静之时,我们时常流泪到天亮

第四辑

致黄土地

第四辑　致黄土地

致黄土地

我是黄土的儿子

我看到

你的后代从黄土中一代又一代地生长

又被厚厚的黄土一代一代地埋葬

黄土给我们食粮

也准备给我们墓场

我们用黄土建造房屋、耕地和麦场

也用黄土叠砌贫瘠的希望

父亲的双脚沾满黄土和树叶

母亲的面孔像黄土一样诚实、善良

我们生活在黄土之上

用黄土捏成的泥碗吃饭

用黄土烧成的泥盆盛粮

兄弟们挺着黄土般裸露的胸膛　晒太阳

黄土一样的农民啊

黑山的诗

你的血管混着黄土的泥腥味
你显见的肋骨里有黄土的泥浆
涂抹着山山岭岭、乡间小道、大豆高粱
黄土里生长着金色的希望

你是倔强的
流水冲不尽
狂风刮不走
雷鸣吓不倒
你总是不慌不忙
而又坚定不移
从不犹豫彷徨

你不与宝石争辉
不与红土争艳
只管走自己的路子
你是默默无闻的模范
每一个角落都有你的存在
铺满河床,覆盖山岭,熨平山岗
任世世代代的放牛娃
在你的胸脯上放声歌唱
你养育着的绿油油的庄稼

结结实实地成长

一如他脚下的厚实的主人一样

我是黄土的儿女

我是吃了黄土上的高粱米长大的

黄土地,是我永远的故乡

我爱黄土地

就像永远爱我的父亲母亲和养育我的家乡!

黑山的诗

去吧,来吧

我知道你要嘲笑我的浅薄
可我还要唱这支暴怒的歌

去吧,你这叹息的、哭泣的
　　死尸一样灰色的调子
去吧,你这哀怨的、忧伤的、绝望的
　　一切都无所谓的样子

去吧,你这靠酒精解闷的酒鬼
　　与麻将牌厮混的赌徒
　　玩弄异性的疯子
去吧,你这叼着烟卷
　　绷着嘴巴
　　乜斜着双眼
　　玩深沉的男人
去吧,统统地去吧,你这灰色的调子

第四辑　致黄土地

来吧，让我们放开憋着的、躁动着的
　　　快要爆炸的歌喉
唱一支粗犷的、野蛮的、暴怒的歌
唱！大唱！玩命地唱！扯破嗓子唱！
像大海咆哮着黑夜般地唱！

来吧，让我们扭动着强健的、饱满的
　　　古铜色的斗牛一般的身子
跳一曲大胆的、强悍的、快节奏的舞
跳！狂跳！尽情地跳！忘记一切地跳！
像霹雳闪电驱赶着乌云一样地跳！

来吧，让我们咧开紧闭的、没有血色的嘴
笑！大笑！放肆地笑！大彻大悟地笑！
笑那些阴险的人！
　　　卑鄙的人！
　　　不是人的人！
把他们笑怕！笑哭！笑傻！笑死！

来吧，让我们迈开年青的、刚健的
　　　像野地里树林子一样的腿

黑山的诗

向着高山,向着大海,向着通红通红的太阳
跑!迅跑!飞也似的跑!万马奔腾般地跑!
像疯了的女人追赶着仇人一样没命地跑!

去吧,你这该死的灰色的调子,远远地去吧!

来吧,你这光辉灿烂的日子,快快地来吧!

第四辑　致黄土地

我不知道想干些什么

别问我怎么了
我也不知道我想干些什么
耳边传来悠扬的歌
眼前有不熟悉的身影飘过
开门，关门
心不知道往哪里飞去了

家乡的池塘
池塘的鱼
鱼吐出的泡沫

什么时候上的大学
学到了什么

该来的人没有来
来了又不知道说些什么

黑山的诗

她在哪里呀
她在笑什么

我爱家乡开满花的野山坡
虽然山坡下的日子有些落寞
妈妈有病
几十年不曾根治过

我有好几个亲兄弟
我有几批好朋友
童年有一批
少年有一批
大学里又是一批
后来,散了,散了
从酒桌上走开,散伙

我不知道我想说些什么
我不知道我想干些什么

第四辑　致黄土地

放　牧

无垠的天空，放牧着白云
浩渺的大海，放牧着巨浪
亲爱的人啊，你放牧我在人间狂奔
我拥有大海的蔚蓝、划天的长风、深夜的低吟

我在匆匆赶路
前边还有多远
四周没有回音

忍惯了孤独
我不再孤独

我走过了多少路程
风声融化了我的心声
与黎明一起跳动

黑山的诗

大地生长希望
梦泊长出粉红的翅膀
我的脚步匆匆
我知道我要走向何方
古人们留不住我的脚步

走吧　走吧
没有星星
走吧　走吧
阳光把寰宇照得透明

第四辑　致黄土地

放歌祁连山

如一串串叠云驾雾的精灵
飘浮在白雪皑皑的山巅
气晕升腾于天地之间
我赞美这祁连山

祁连山
如熟睡于
襁褓之中的婴儿
又似一条变幻无穷的彩带
把南边的天空
构成一幅宏伟的画卷
没有嘈杂的人群
没有混乱的尘埃
没有污秽的空气
只有圣洁的、静谧的、一尘不染的美丽画卷
在山巅，在云端，在天地之间

黑山的诗

  跳跃,漫步,盘旋
  祁连山,是静美的
  祁连山,是永恒的
  祁连山,是沉醉的
  我永远歌唱这人间天堂
  直到地老天荒……

桂林纪游

二零一一年六月游桂林,桂林有不少突兀的小山穿插在城市里面,形成山中有城、城内有山的美丽画卷,富有情趣,呈诗二首。

游桂林

久闻桂林名,今日到桂林。
城中有青山,树高草木深。
山低丰姿秀,河浅水清纯。
薄云轻遮月,浓情分外亲。

漓江风貌

清江碧水暖,人在画中游。
峰峦拔地起,直上云霄九。
凤尾弯竹秀,波动舞彩绸。

黑山的诗

忽然云蔽日,细雨落船头。
顷刻乌云散,黄日照沙洲。
水天山一色,世间何所有?
丽丽春日暖,幽幽江水流。
漓江一日行,消解万古愁。

海南岛风情

五指山,万泉河,

天涯海角莫错过。

山寨子,多藤萝,

荆棘做门不好过。

刀耕田,鱼做窝[1],

布隆闺[2]里唱情歌。

篱笆墙,船形屋,

三角石上架灶火。

菠萝蜜,木棉树,

椰汁甘甜又解渴。

包卵布,树皮布,

男子穿衣不讲究。

煮米酒,蒸饽饽,

女子短裙纹面婆。

---

[1] 捕鱼时使用的鱼篓,也叫"鱼窝"。
[2] 海南岛黎族青年单独居住的茅草小屋。

黑山的诗

　　山神善，天神恶，
　　兴风作浪连作恶。
　　海水蓝，水清澈，
　　民风淳朴故事多。

第五辑

远古之梦

第五辑　远古之梦

远古之梦——访北京猿人洞有感

我来到北京猿人洞
在阴暗狭窄的洞内
做着遥不可及的梦

我徘徊在远古的岁月里
我走在老祖母干瘪的乳房上
我踱躞在北京猿人洞内的硬地上

我看见了数十万年前的旧时光
我看见了三五成群的猿人集团
我看见了被灯火照耀的古人面庞

我饮着古人的水
我食着古人的猎物
我穿着古人的衣裳

黑山的诗

　　我来到北京猿人洞
　　遐想着被时光熏黑的岁月
　　感受着和他们一样的沧桑

　　我访问着北京猿人洞
　　这里不再是阴暗潮湿的空间
　　而是中国梦开始酝酿的故乡

参加第四届农业考古国际学术讨论会有感

天生一个仙人洞

天生一个仙人洞,静坐青山翠峰中。
万年稻香传四海,千古流芳留美名。

碧水青山仙人洞

碧水青山仙人洞,神工鬼斧吊桶环。
物华天宝人更杰,育得古稻越万年。

吊桶环处古意浓

仙人洞外秋气爽,吊桶环处古意浓。
更喜农业考古热,吹遍东西南北中。

二零零四年九月二十二日
作于江西万年

原载《农业考古》2005 年第 1 期

黑山的诗

石峁访古

大漠深处砌石城,蜿蜒曲折赛苍龙。
威风八面城门高,羸弱女子白骨横。
墙内每有宝玉出,皇城台前传王令。
保护古城责任重,百年大计立新功。

附记:二零一三年七月二十四日上午十时许,乘坐飞机到达榆林,被接到镇北塔及附近的一石窟寺参观。中午,被榆林文管所招待。下午,参观石峁城址及北城门、皇城台等。

新砦觅古

觅古新砦中,几度风雪来。
昼思大禹迹,夜虑新史材。
跬步黄河中,极目嵩山外。
千里寻夏启,把酒醉黄台。

贺夏文化研究新进展

洛汭河畔花地嘴,神秘莫测朱砂瓮。
千年故都二里头,宫城左近降神龙。
墙高壕深大师姑,夏末商初添新证。
劝君更进一杯酒,百尺竿头立新功。

原载《中国文物报》2006年4月5日3版《"文明之火,照耀中国"之八:"大师姑"的新发现及其意义》

第五辑　远古之梦

梦回敦煌

我要穿唐代的衣裳
看唐代的风景
做唐代的醉翁

敦煌
是一道沙漠里的孤烟
敦煌
是一袭西北边塞上华丽的霓裳
敦煌
是一个盛唐时节沉淀的旧梦

我要与敦煌壁画上的飞天齐飞
我要与敦煌壁画上的舞乐共鸣
我要与敦煌山崖下的老道士
一起扫雪
一起化缘

黑山的诗

一起耕种

我要写唐代的诗歌
凿唐代的石窟
做唐代的穿黄金甲的士兵

我要飞翔在唐代的天空
骑唐代的骏马
奔驰在唐代的崇山峻岭

我要喝唐代的葡萄美酒
我要拥抱唐代的胖美人
我要交壮怀激烈的唐代的挚友

我要穿唐代的衣服
看唐代的风景
做唐代的醉翁

第五辑　远古之梦

江南纪行[1]

万紫千红百花竞,烟花三月江南行。
几回梦里瘦西湖,游罢扬州度延陵。
太湖东边邀明月,把酒临风寄豪情。
拔刀四顾倾盆雨,千古奇志疾如风。

---

[1] 二零一零年春江苏记游。

游圆明园有感

圆明园
你这都市里的伤痕累累的疮疤
又像是从伤感的心灵里
发出的哀鸣
满眼是断壁残垣
每一块废石
都在诉说一件悲惨往事
时间流走了
放下这片干瘪的记忆

枯草
像死尸上的白蒿
断了的门拱
是老人压垮的腰
龟裂的半截子石柱
突兀在阴雨里

第五辑　远古之梦

像一个流泪的怨妇
晚上
有群萤火虫
在这片废墟上起舞

圆明园
你空有一个美丽的名字
你这个失去了青春光彩的老妇
可是你的的确确拥有过辉煌的胴体啊
像美丽无比的少女
像灿烂无边的春霞
是那场洪水似的大火
烧焦了你的乌发
留下这堆耻辱
令游客愤怒

后记

出版自己的诗集，是我在北大读硕士研究生时的意愿，直到二零一四年我才把这一理想付诸行动。

我依据内容，把个人首部诗集分成五个部分，即（一）在风光里想她；（二）男子汉宣言；（三）母亲之歌；（四）致黄土地；（五）远古之梦。这些诗歌全部为上世纪八十年代末至二十一世纪初的作品，现在看来未免有些"老"了，将这些作品公开发表，也算是完成了自己的一段心事，好在这些诗歌全是有感而发，并无粗制滥造的作品。

二零一五年底，我首次向华夏出版社的杜晓宇先生透露出诗集的想法，他转托王敏同志具体负责编辑事宜。我从二十五年来的诗作中，选出七十余首，以公开发表。

我个人知道，自己的诗才是不足的，但是，我发自内心对诗的挚爱不会泯灭，将来有机会再继续创作新诗，愿公诸同好，并欢迎批评指正。

二零一六年三月三十一日
于北京市丰台区夏家胡同寓所